창조문학대표시인선 · 211

작디작은 몽당연필 하나

김현정 시집

창조문학사

"함께 있어 우리는 행복하다"는
"김현정의 작디작은 몽당연필 하나"

시인 문 인 귀

6년 전 김현정시인은 첫 시집 「함께 있어 우리는 행복합니다」를 냈습니다. 그때 김현정시인은 시집과 함께 한국의 일간지들과 인터넷 신문들, 그리고 미국 내 한국 언론에도 대서특필 된 것은 물론 EBS TV 방송사에서는 프로그램 '여자' 〈현정씨, 시를 품다〉로 60분 길이의 다큐를 제작해 방영하기도 했습니다.

한 살 때 앓은 소아마비로 다리도 심하게 절고 오른 손도 쓰지 못하게 된 몸, 예민한 감수성의 소녀기에 감내해야 했던 장애아로써의 성장과정, 더불어 친구 하나 제도로 만나기 힘들었던 청년기, 그런 와중에서도 앞을 보지 못하는 남편(정화영 선교사/전 '바디메오 남성중창단' 원)을 만나 사랑의 지팡이가 되게 된 행복한 시간들, 그러나 두 번에 걸친 유산으로 인해 생긴 좌절과 고통, 끝내는 발병한 우울증과 간질(epileptic)로 인해 긴긴 세월을 고통 속에서 살아야 했던 삶이 시를 만나면서 부터 기쁨의 삶으로 변화될 수 있었다는 이야기가 그러한 놀라운 반영을 일으켰던 것입니다.

나는 김현정 시인이 가장 어려웠던 30대 후반에 시를 통해 그를 만났습니다. 그는 그때부터 지금까지 8년여를 매주 1회씩 만나 시와 함께 하는 삶을 살게 되었고 이 일로 인해 그의 삶은 자신을 억압하던 부정적 사고에서 긍정적 사고로 바뀌게 되었습니다. 따라서 이 일은 자신과 주위에 시의 힘이 얼마나 큰 것인가를 확인해 주는 것이 되기도 한 것입니다.

김현정 시인의 시는 한편 한편이 남다를 수밖에 없는 자신의 삶, 그 힘든 현실을 외면하지 않고 그대로 파고들어 거기서 찾아진 가치관이 얼마나 귀한 것인가를 노래하고 있습니다.

부끄러움이란 자신을 숨기거나 무엇인가로 자신을 포장해낼 때 수반되는 수치감이기에 김현정시인의 솔직한 고백의 시편들은 그런 형편에 있는 많은 이들을 새롭게 해줄 수 있는 아름다움이라 여겨집니다.

1집 때도 그랬듯이 이번 시집도 본인처럼 어려운 처지에 놓여있는 장애인들을 위해 쓰여 지기를 바란다고 합니다.

감사히 생각하며 기쁨으로 김현정 시인의 시집 「작디작은 몽당연필 하나」를 올려드립니다.

시詩의 밭에서

여기서 멈출 수 없다
내가 어떻게 가꾸고 있는 열매들인데
이것을 포기하란 말인가

아팠던 학창 시절을
위로 받으라는
하나님의 선물인데

40년의 세월이 흘러서야
비로소 익어가고 있는 열매들
이슬을 밟고 나가 석양을 등지고 돌아오는
성실한 농부가 되어
많은 사람들의 마음에
나누고 싶다

김현정 시집

| 차 례 |

묶음 1 / 역광에 비친 얼굴

묶음 2 / 쓰고 싶은 일기

묶음 3 / 연꽃무리

묶음 4 / 행복

묶음 5 / 빨래터

묶음 1

역광에 비친 얼굴

바깥나들이

바깥나들이를 했다가
가방 가득 기쁨을 담아왔다

톡톡 컴퓨터에 찍어 넣는다

내가 갖고 싶은 것들이
파릇파릇 모습을 들어낸다

내가 가고 싶은 곳들이
여기저기서 튀어나온다

풍성한 하루

펼쳐진 초록빛 풀밭
주위에는 잘 가꾸어놓은 꽃밭
속복소복 담겨 핀 예쁜 꽃들이
멋진 향연을 열면
여기저기 버텨 선 나무들도
시원한 그늘을 보태어 준다

새들과 벌레들
바람까지 날아 와
이 꽃에서 들은 이야기
저 꽃에 옮겨주고
이 꽃밭에서 물어온 씨앗
저 꽃밭에 옮겨 심느라 분주하다

나의 절름거리는 발걸음
한 걸음 한 걸음 옮겨 디딜 적마다
하나 둘 하나 둘 이어지는
풍성한 하루

요즈음 세상

더 이상
컴퓨터 문화가 발전하지 말았으면 좋겠다
모든 일을 손가락으로 해결하는 세상
텅 비어져가는 운동장 같다

세상에서 가장 좋은 운동이
걸음걸이라 하는데
점점 발걸음이 사라지고
땀 흘릴 수 없는 하루하루는 늘어만 난다

열 사람이 힘들여 일 하는 걸
세 사람이 앉아서 해치운다
나머지 일곱 사람은 어디에 있는 것일까

우리 모두가 함께
서로 포옹해주고 아껴 주려면
컴퓨터는 더 이상
발전하지 않으면 좋겠다

지팡이

세상에서 가장 밝은 지팡이가 있다면
그것은 바로
내 신랑이 짚고 다니는 지팡이

한국 맹인교회에서 처음으로 본 그 지팡이
그것은 바로 그들의 눈이었다

미국에 와서 나는
새로운 생활에 적응하지 못할 때 마다
그 지팡이와 점자 성경책을 생각하며
커다란 위안을 삼았다

멀리 떨어져 있어도
그 사람들을 떠나기 싫어 나는 점자를 익히며
평생을 그들의 눈이 되어 살리라는 작정을 했다

나를 있는 그대로 받아주었던 맹인교회의 식구들
그들이 해 주었던 그 사랑으로
신랑을 만나 지팡이가 되었다

하나님께 드려진 조그마한 약속
그 약속으로 지금은
LA의 맹인교회에서
지팡이 노릇을 하고 있다

사계四季의 소원

삼백육십 오일의 넉넉한 사랑 속엔
언제나 네 명의 친구가 있어요
같은 시간 같은 장소에 있어도
실증내지 않는 나의 친구들

그들이 가진 어두운 그림자까지도
낱낱이 들어 내놓고 이야기 하는 모습 속에는
서로가 서로에게 주는 사랑, 위로, 기쁨,
희망이 있어요

애교 있는 미소로 다가오는 봄
내게 뜨거운 사랑을 하라 보채는 여름
풍성한 열매를 아끼지 않고 내놓는 가을
누군가를 품어
그 안에서 행복을 찾게 하는 겨울

나도 누군가에게 다가가 위로가 되고 싶어요
나도 누군가에게 사랑을 하라면서 보채고 싶어요
나도 누군가에게 열매를 나누어주고 싶어요
나도 누군가를 품어
그 안에서 행복을 찾게 해 주고 싶어요

당신도 나와 더불어
이들과 사랑을 나누어보면 어떨까요

이별

내가 힘들어하는 이유는
당신을 보내며 흘려지는
눈물 때문이 아닙니다
달콤했던 당신과의 추억마저
내게 손을 흔들며 멀어지는
안타까움 때문입니다

이별의 아픔과 쓰라림
처절한 속 앓이를 해야 하는 시간들이
내게는 칠흑 무서움으로
다가오고 있습니다

당신과의 행복했던 시간들은
다시는 찾아오지 않겠지요?

곳곳에 남아있는 우리의 속삭임
오늘도 이 작은 펜으로
하나하나 찾아내 지워야 하는 고통 때문에
나는 울어야 합니다.

작은 세탁소

양복에 뭐가 묻고 냄새가 나 세탁소에 가야 해,
우리 아이 키가 조금 작은데 청바지를 입혀 봤더니
너무 길더라고, 갖다 맡겨야 되겠어
한복의 폭이 너무 좁아 조금 늘려야 하겠어……

여러 이유를 가지고 찾아가는 세탁소
깨끗하게 다림질까지 해
마음까지도 상쾌하게 해 주는 곳

드라이 크리닝, 물빨래, 다림질로 깔끔해진 옷들
그들의 주인에게로 돌아가
얼마나 자기의 모습을 돋보이게 할까

우리의 마음속에도
작은 세탁소가 있어
더러운 것들을 빨아주지
개개인의 하루 속
구겨진 말들을 다림질하고
어긋난 관계를 바로 잡아주면
흐뭇해지는 하루가 되지

추억 길

가다 지치면
아무 때나 아무 데나 쉴 수 있는 길
흘러간 시간들이
내 망막에 묻어있는 추억을
와르르 몰고 나와 줄을 선다

어떤 친구는 따뜻한 찻잔을 내 오고
어떤 애들은 음악을 틀어놓으며
어서 와 앉아 함께 듣자고 한다

내가 있어 행복했다던 인사일까
아니면 내 어정쩡한 모습과 표정이
예나 지금이나 다름이 없어보여서 일까

지금 내가 그 누구와 마주앉거나
이야기를 나눈다 해도
그 길에 늘어 서 있는 시간들만은 못해
자꾸만 되돌아 봐지는 나의 추억 길

나의 길

엄마 친구 분의 말씀이
"현정이는 머리는 영리해도
　자네의 편애로 그 애를 바보로 만들었네"

어려서부터 고장 난 날개
독수리가 되지 못해
나이 값을 하지 못하는 나
엄마, 아빠가 평생 지고가야 할 짐이었는데

어느 날 마주친 값진 보석
시(詩),
이것은 나의 지팡이
이 지팡이 짚고 길을 나서는
기쁨을 맛보네

받는 것보다는 주는 것이 더 좋다 하니
내 연필로
누군가를 위해 나누어야 하는
길을 그려야 하겠네.

길 이야기

양복을 입은 신사라도
캐주얼을 입은 학생이라도
벤츠를 탄 부자라도
덜덜거리는 차를 타는 가난뱅이라도
자기의 길에 성심을 다 하지 않으면
욕을 먹게 되지

자기의 욕심으로
남의 이맛살을 찡그리게 하지만
내가 성심을 다하면
이 하루의 길 위엔
나와 내가 아는 사람들의 발걸음이
가벼워지지

사과謝過

둘이 하나가 되고 싶어
결혼을 한 사람들도
가끔은 말다툼을 하지요

자기의 주장이
자기의 행동이 맞는다면서
큰 소리와 눈물이 섞이는 하루
정말로 없어야 할 일들

하지만 어느 누군가가
'미안하다' 고 먼저 말을 하면
그 하루는
다가올 어느 날엔가
반드시 웃게 될 이야깃거리가 되지요

서로 마주보며 "미안" "미안"
함께 해요.

마음껏

두 입술이 만나
한 이야기를 주고받을 땐
길바닥 이곳저곳에 사랑이 깔리지요

내가 가진 애교바가지를
당신에게 건네줍니다

어느 곳을 보아도
어느 곳에 앉아도
당신과 내가 가득 찬 공간
마음껏 퍼 가세요
까르르 웃음소리가 들려올 테니까요.

가을

색동저고리를 입고
꽃가마에 오른 가을이 옵니다

나도
한복을 곱게 차려 입고
산에 오릅니다

가야금, 거문고 산조로
판소리와 구수한 시조가 어우러지며
서로의 우정을 확인합니다

가을은 이렇게
내 가슴에 불을 놓지요

역광에 비친 얼굴

신혼여행 때
설악산 단풍과의 즐거운 시간을 재우며
산기슭을 내려오다 마주친
소를 몰고 오는 할아버지

그분이 누군지는 알 수 없었지만
우리의 인사로 걸음을 멈추셨어
뒤 따라오던 소도
낮은 소리로 알은 체 했지

해가 졸려 하는 즈음이었지
빨갛게 물든 하늘을 뒤로하고 서신
역광에 비쳐진 검은 얼굴과 굵은 주름
너무도 당당한 삶의 모습이었어

나는 가끔 그 사진을 꺼내보며
우리의 밝은 앞날을 시작되게 한
그 시간으로 돌아가곤 해

장래희망

초등학교에 처음 들어가던 날
선생님께서는
이담에 커서 무엇이 되고 싶으냐고
반 아이 모두에게 물으셨다

나는 대통령이 되고 싶어요
나는 이담에 커서 장군이 될 거야
나는 선생님, 나는 국회의원, 나는 의사.
그러나 어느 아이에게서도
난 좋은 아빠, 좋은 엄마가 되어
아이들을 잘 키워 낼 거야라는 말은
나오지 않았다.

왜 그렇게 되고 싶었던 것이 많았던지!
여러 가지 되고 싶은 출세 길을 내 놨지만
성취된 사람은 얼마나 될까

되고 싶어도 되지 못하는 것
하고 싶어도 하지 못하는 일 천지인 세상살이
나는 왜 시인이 되고 싶다는 생각을 하지 못했을까
시는 이렇게 찾아와 나를 포근히 감싸주는 데.

후회

머릿속에 든 아리송한 실력만으로
남들을 내려다보는 어리석은 우리
마음을 주고받지 못했기에
아파오는 슬픔이다

어떤 사람에게는 부모가 되어주고
어떤 사람에게는 형제가 되어주는
마음을 열어 보이는 사랑은
어느 대학을 나왔다는 것과는
비교할 수 없는 것

내 흉은 감추고
남의 것만 캐어내려 하는 어리석음은
왜 우리에게 있는 것일까
우리가 우리에게
더 이상 슬픔을 주지 말아야 할 텐데
하루를 나열하는 일기장에
'후회'라는 단어만 가득 채우고 있다

말 말 말

말 한마디에 천량 빚을 갚는다는 말이 있다
그러지 못한 나는
잘못 뱉은 말 한마디 때문에
지금도 나 스스로를 짓누르며 살고 있다

사람들은 모두 고민 속에 산다
어떤 사람은 사업실패로
어떤 사람은 자녀들 문제로
어떤 사람들에게는 고부간의 갈등이
어떤 사람들은 건강문제로
하나하나 서술할 수 없는 수많은 일들 속에
나의 고민은
친구에게 내뱉은 실수의 말 한마디인데
아직 미안하다는 그 말 하지 못해서
이렇게 속앓이를 하고 있다

아무 의미 없이 해버린 그 말 한 마디가
내게 천량 빚이 되어버린 무게이니
미안하단 말 말 말을 연거푸 하면
서너 배로 갚아주는 일이 될 수 있을까?
후회만 깊이 늘어가고 있다.

미소

눈길이 마주칠 때마다
누구에게라도 한 번 더 웃어 주세요

미소는
눈빛과 눈빛을 이어지게 하는 하루
미소는
목소리에게도 자기의 여운을 남겨
잊어버린 기쁨을 다시 찾아 주는
즐거운 소리이니까요

부드러운 미소로
손을 내밀면
힘들고 아픈 마음도
금세 웃고 마는 하루가 되요

버스에서

버스를 타고 간다
어느 목적지를 향하든 사람들은 오르내리며
버스를 타고 간다

어른들의 말씀이 생각난다
'순서 있게 와도 순서 없이 가는 것'

친한 친구든
혹은 움직이지 못하는 내 오른 손 까지도 얄미워하는
때려주고 싶은 친구가 앉아있을지라도
목적지에 다다르면
미소를 띠우고 손을 잡아준다
'안녕, 친구야, 그 동안 내 옆에 앉아
말벗이 되어주어 고맙다'

내 손에 느껴지는 그의 체온이
채 식기도 전에 떠나는 친구들
나도 언젠가는 누군가에게 작별인사를 하며
내릴 때가 오겠지
'안녕, 친구야---'
손을 흔들며

묶음 2

쓰고 싶은 일기

보약

어릴 때 받아 마시던 달콤한 물이
언제부턴가 쓰디 쓴 약으로 변했다

동생들은 톡톡 침을 놓고
부모님은 내게 책망으로
우리 가족 모두는
매일 나에게 쓰디 쓴 약을 짜준다

어쩔 때는
어릴 적 마시던 그 단물이 그리워
내미는 쓴 약 외면하지만
돌아서서 눈물을 훔치는 그들을 보고
쓰디 쓴 말 속에 숨겨진 사랑을 보고

정성스러운 보약
그 약을 먹고 내 건강한 모습을 보이고 싶어
꿀꺽꿀꺽 잘 받아 마신다.

나는 백말 띠

어릴 때부터 불편한 몸 때문에
아무리 힘이 들어도
내가 서야 할 곳을 알고 지켜왔는데
지금은 그 경계를 허물고 싶은 생각에
자꾸만 가슴이 떨려온다

깨끗하신 그분의 품에 안겨
따뜻한 말씀 한 마디씩 마음에 새기고
따뜻한 행동들을 살짝
누구도 모르게 뿌려줘야 하는데
다른 이들과 비교되는 내가 싫어
뛰는 가슴에 말씀이 흔들리고
왜 나만,
나에게만 이런 힘든 일이 있는 것이냐고
한바탕 소란을 떨고 나면
내가 가장 좋아하는 말씀
　'너는 혼자가 아니다
　'내가 너와 함께 한다'　는 말씀은 사라지고 만다

오늘도
잃어버린 '말씀'을 찾아 더듬거리며 나서야 하는데
나는 하필이면 백말을 타고 태어나
팔자가 이리도 세다는 옛말이 자꾸만 들려 와
힘든 몸 더욱 힘이 들게
앉은 자리에서 빙글빙글 회전목마 놀이만 한다.

시스템 복원

내 인생에도
시스템 복원이 있었으면!

뜀박질을 해도 넘어지지 않고
오른발을 받치고 있는 특수구두 대신
날씬한 하이힐로 활보도 하고
박수 치는 소리도 들려주고
오른 손으로 악수를 청하기도 하겠지

지나간 내 시간
다시 회복된다면
하루를 운영하는
나의 시스템은
아이를 갓 잉태한 임신여도 되게 할 수 있겠지만

무엇보다도
내 지나온 일들 때문에 아파있는 마음
다시는 생기지 않게 살아볼 테야.

기억의 파도

'안녕하세요? 반가워요!'
나를 보면서 인사를 하는 사람들
그 사람을 몰라 볼 땐 의아해 한다

'지난번 모임 때 만났었잖아 요……'
아무리 생각을 해도
그 사람이 생각나지 않는다

한 땐
기억력에 달인이었던 나
언제부터인지
뇌리에서 하나씩 없어지는 기억력
조금은 더뎌도 잊혀지지 않아야 할
내 소중한 기억, 내 소중한 시간들

빠져나가는 물결 대신
밀려오는 파도가 되게
기억들을 더듬어 붙잡아 본다

몽당연필

작디작은 키의
몽당연필 하나
나에게 주어진
백지 같은 하루 위에
나를 그려간다

나이를 먹으면 먹을수록
더 해가는 이야기들
그럴수록 짧아지는 몽당연필은
그래도 더불어 행복하자며
내 손에 쥐이는 따뜻한 마음

어느새 나도
작디작은 몽당연필 하나

자격지심

나는 누군가에게
꼭 필요한 사람이 되고 싶다

더운 여름에는 시원한 물 한잔을,
추운 겨울에는 따끈한 차 한잔을 내어 주는 사람

아무도 없어 혼자서
아픈 문제를 해결해 나가야 하는
외로워하는 누군가에게
혼자가 아니라는 위로와 희망을
다정하게 말해 줄 수 있는 사람

이 모두가 다 쓸데없는 마음일까?
너나 잘해보라고
스스로를 꾸짖는 나

나의 바램은
그 누군가와 마주칠까봐
신던 신발을 벗어버리고
들어앉아 버린다

내 화원花園

내 옆의 빛들이 너무 반짝여
내 색깔을 키워내지 못해
가슴 아픈 나날들

내 친구들의 실력
내 동생들의 건강하고 영리함
모두들 자기의 앞가림을 할 수 있는 사람들

이들의 화원花園은
물을 주고, 거름을 주어
신선한 바람이 불어와 코를 즐겁게 해도
나는 나이를 어디로 먹었는지
나도 나를 피해 도망가고 싶은 창피함
온통 쓰레기 밭
날 파리들, 잡초들, 묘한 냄새들뿐인 내 방

내가 앉아 있는
게으름 무늬의 방석을 던져버리고
물을 뿌려 이들을 닦아 준다면
자격지심의 무거운 돌멩이들이 없어지려나.

12시 15분 전

여태껏 모르고 지냈던 하루하루
반쪽으로 접어져 가는 나이 꺾어진 80.
나도 이제는 언니가 아닌
아줌마, 할머니로 불려질 날이
그리 멀지 않다

Spa에 가 얼른 샤워를 하고
뛰어든 온돌방
그곳에서 자반고등어로 둔갑하며
이리저리 몸을 굽는다

오십견이 왔는지
그 동안 오른손의 엄마역할을 해 오던
내 왼쪽 팔이 고통을 호소한다

조금 있으면 정오
오전이 아닌 오후의 내 몸뚱어리
하지만 내 몸은
12시 15분전에 멈춰있다

정오로 가야만 하는 이치를 무시한 채.

보는 눈 때문에

'영리하다'는 이야기를 듣고 살아가는 것 보다는
느림보라는 말을 들어도
'따뜻하다'라는 소리를 듣고 살고 싶다

머릿속에 1, 2, 3...... 으로 가득 심어놓고
그 열매를 따 먹으며 호화롭게 사는 것 보다는
1, 2, 3......이 없어도 웃어가며 살고 싶다

가방 끈으로 그 사람을 평점 하는 세상살이
하나를 가진 사람은 넷을 가진 사람에게 고개를 떨군다

만든 나라의 이름을 보고 사는 물건들
나도 보는 눈이 있어
다른 사람들을 따라 제품을 선택한다

불행은 이처럼 비교의식으로부터 시작되는가 보다

속울음

이번 주는
동쪽 바다 위로 높이 떠 있는 해를 가져 온
사촌 곱단이가 신랑감을 데리고 와
우리는 서쪽 빛 황금바다로 선물을 주었다

요번만큼은 내가 해 준 밥상을 받게 하고
아주 따뜻한 차를 마시면서
이야기를 해 주고 싶었는데
이번에도 내 뒤에 서 있는
두 동생에게 밀리고 말았다

둘째 동생은 이리저리 데리고 다니면서 일을 봐 주며
약혼식을 진행하고
막내 동생은
자기가 가르치는 실력과 큰 아들의 태권도 실력을 보여 주었
는데
난 내세울 것이 없어
땅만 내려보는 일 주 일 이었다
하지만 나 때문에
곱단이 앞길이 장애가 생기면 안 된다고
뒷방 늙은이 행색으로 속울음만 삼켰다

나는 아직 미운 일곱 살

어린 아이도, 어른도 아닌 나이
이 나이에 멈춰 버린 나는 신분도 몰라
어디에 어떻게 서야 할지 망설여지네

무조건 잘했다며 안아줄 수도
회초리를 들어 매를 때려 줄 수도 없는 나이
질책과 사랑이 내게 붙어 있어
누군가의 말 하나하나, 행동 하나하나에도
나를 사랑하나 안 하나 확인 하고 싶어져

'이러지 말아야 할 텐데' 내 마음을 달래도
여전히 똑같아지는 어리석은 나

내 몸은 따뜻한 집에 앉아 책을 보아도, 컴퓨터를 해도
마음은 아무도 없는 밤거리에
외투도 입지 않은 채 덜덜 떨고 다니는 철없음,
내 몸은 매 주일 나를 받아주시는 주님을 찾아
사랑 고백하는 자리에 있어도
마음은 버스를 타고 여러 곳을 다니는 방랑자
내 몸과 마음이 같은 나이로 손잡고 다닌다면 얼마나 좋을까
내가 앉아 그들의 손을 빌려 일어서는 것이 아닌
내가 서서 어느 누군가의 손을 붙잡아 일으켜 줄 수 있다면!

미운 일곱 살!
이 나이를 내 스스로가 잘 다듬는다면
지금 시작해도
늦진 않을 거야.

먼 길

내 마음의 하단에
어지럽게 널려 있는 글들이
창피해서 어쩔 줄을 몰라 한다

흐린 하루답게
내가 써놓은 글 하나 하나는
자기들의 모습을 비춰보며 무안해 하고
내 손에 쥐어진 거울마저도 흔들려
내 얼굴을 바로 볼 수도 없다

나의 교만일까?
아니면 내가 죽지 않았다는 것을
보여주고 싶은 오기 때문일까?

게으름

내가 초라함을 느끼는 첫 번째 이유는
다른 사람과 나를 비교하는 거야
내가 지금도 아파오는 학교생활.
만약 내가 명문대를 나왔다면
과연 나는 달라졌을까

내가 초라함을 느끼는 두 번째 이유는
내 집을 정돈하지 않고
다른 일을 할 때.
만약 내가 샤워를 하듯
곳곳의 뽀얀 먼지를 지울 수 있다면
과연 나는 행복할까

내가 초라함을 느끼는 세 번째 이유는
식구들을 내 손으로 챙겨주지 못하는 거야
내 엄마 아빠가, 동생들이, 신랑이 나를 챙겨주듯
그들에게 정성껏 챙겨 준다면
과연 나는 만족할 수 있을까

하지만 이 모든 것들은 얼마든지 내가 할 수 있는 일,
게으름만 피우지 않는다면 말이야.

젖어 우는 바위

무슨 큰 잘못을 저질렀다고
하고한날 매를 맞아 통곡을 해야 하는지
바닷가의 바위가 하소연을 한다

지나가는 사람 그 누구라도
자기 목소리만 들어주어도
위로자가 된다는 것일까

보는 사람이 있으나 없으나
그에게 달려와 후려갈기는 만행 앞에서는
크기, 모양 상관없이 허물어져야 한다며
언제나 젖어 우는 저 바위

힘 하나로
아픈 이들의 가슴에 구멍을 내는 저 파도
바라보는 내 가슴마저 젖어 내린다

층계

우리 집은 2층집
몸 한쪽이 불편한 나는
거의 모든 생활을 2층에서 하지만
반드시 층계를 오르내릴 수밖에 없다

급한 마음에 뛰어 간다는 것이
가속도가 붙어 가끔 나뒹군다
그 모습을 보는 식구들을 아프게 하고
나는 멋쩍게 일어난다

하고 싶은 그 무엇과 나 사이에는
언제나 층계가 있어
한 계단씩 붙잡고 다녀야 한다
내 몸이 마음을 앞서지 않게
급한 마음 가라앉히며
한 걸음 한 걸음 걸어야 한다

나의 시는

이제 되도록이면
슬픈 시는 쓰지 않겠다
몇 번이고 되뇌지만
그것도 잠시
매일 매일 우리 식구들에게
미안함을 끼치면서 살아가는 나
아픔과 외로움이 나를 가로막을 땐
그 너머의 길을 볼 수 없기 때문에
쓰고 마는 시

사방이 막혀있는 길
하지만 주님은 하늘을 열어놓으셨는데
왜 난 자꾸 잊어버리는 것일까

슬픈 사람이 내게 찾아와
이야기를 나누자 하면
기쁨을 나눠줘야 할 텐데
내 시(詩)를, 자신 있게 펼쳐주어야 할 텐데
나의 삶은 언제나 아프기만 해서
나의 시는 언제나 슬프기만 해서

시상이 떠오르지 않아도

시상이 떠오르지 않을 땐 힘이 든다
열심히 하고 싶은데 그렇지 못한 상황

이리저리 내 마음을
시의 틈새로 끼어 들여보내 봐도
문을 열어주지 않을 땐
어찌할 바를 모르겠다

어디에나 시의 소재가 있다는
선생님의 가르침으로 살펴봐도
내 눈엔 보이지 않는다

내 시로 다른 아픈 이들의 가슴에
위로가 되어주는 것이 나의 소원인데
용두사미의 삶을 계속 살아야 하는가

따뜻한 시인이 되고 싶다
시상이 떠오르지 않아도

이름 없는 시간들 속에서

지난 날 하루하루마다 맺혔던 일들
놔 버리지 못해
아직도 아파오는 슬픔이
내게 있다고 탓하면서
지금도 매일매일 뒤통수에 눈을 달고
내일을 향해 간다고
달리고 있는 나

내 앞의 희망봉을 향해
돌격 앞으로!
돌격 앞으로!
완전군장을 하며 겨누는 총 뿌리는
어디를 향한 것일까

내 앞의 적군은 다름 아닌
시간마다 이름을 지우고 있는 나 자신
이름을 알 수 없는 하루 속에 버티어 서 있다

쓰고 싶은 일기

매일 내 앞에 놓여지는 흰 종이와 연필은
지워지지 않는
일기를 써 놓게 하는 힘을 가지고 있다

어쩔 땐
배가 아픈 사촌 이야기도
또 어쩔 땐
사공들 중에 끼어
산마루 마을로 노를 저어 가는 이야기도

어제의 일기
미안하다 사과를 하고 싶어도
돌아오지 않아 더욱 가슴 아픈 순간들

하지만 난
오늘을 위해 내일을 맞이하는
하얀 종이와 연필을 가지고
어제의 낙서가 아닌
진정한 오늘을 쓰고 싶다.

승리의 날

무슨 심술인진 몰라도
무슨 아픔인진 몰라도
내 싸움의 상대방은 놀랍게도
다름 아닌 나

시간을 허비한 지난 세월들
무거운 시계바늘을 지고 가는 나날들
이제부터라도 째깍째깍
남을 탓하는 그 소리 들리지 않게
앞만 보고 열심히 살아가야 하겠다

불만과 불안의 이불을 걷어내고
깨끗한 옷으로 갈아입고
남들과 함께 웃으며 살아가면
나의 적인 그 심술
어느새 나의 아픔 거머쥐고 멀리멀리 달아나고
나의 하루하루는
승리의 기쁨으로 이어질 테니까

지각생

아직도 내 마음속엔
떨쳐버리지 못한
아픔의 돌멩이가 있다.

몸이 불편한
나의 학교생활은 모든 것들 중
가장 힘든 아픔이었다.

나를 놀리고 괴롭히던 아이들은 가고 없는데
왜 나만 그 교실에 아직 남아
힘들어하는 것일까.

지금은 아이의 아빠 엄마가 되어있을
돌멩이를 심어주고 간 친구들
그들을 용서해야 하는 건데……
용서해야 하는 건데……
그러지 못해
새 출발 늦추고 있는 나는 큰 지각생이다

SPA에서

오늘 모처럼 엄마와 함께 Spa를 갔다
따끈한 방에 누워 한참을 쉬고 있는데
아줌마 둘이 소곤소곤 나누는 말에
귀가 번쩍!

— 얘, 우리 딸은 지금 하버드대학에 다니는데
얼마 전 망년회 때 가 봤더니 예일대, 스텐포드대, 쥴리어드
음대, UCLA, USC
학생들도 와서 있더라고 —

내가 아직도 마음 아픈
그 것 때문에 많은 아이들에게 인정받지 못하고 울며 12년을
보낸
가슴 아픈 학교생활
지금 이야기하는 저 주인공은 누구일까
저 여자는 쉬러 와서도 딸 자랑 질을 그렇게 하고 싶은가?

하지만 지금 내가 가진 즐거움으로
그들에게 맞서려 한다
난, 15파운드를 뺐다

저금통

평생을 약으로 살아가야 하는
내 몸은
크게 입 벌리고 있는 저금통

매일 다섯 차례
시간에 맞추어 먹어야 하는,
언제나 벌리고 있는 성한 내 입

나는 하루 종일 벌리고 있는 것이 지겨워
돌아앉으면
입은 더 크게 벌리며 소리를 지른다
―저축하세요,―
―저축하세요,―
자기처럼 성하려면
저축해야 한다고

나는 다시 지친 몸을 끌고 앉아
저금통이 된다

묶음 2
연꽃무리

석류

수줍어 수줍어서
파란 잎사귀에 몸을 숨기고
청종만 하던 착한 여인네

가을볕에
꽃 상을 차리는 것일까
저절로 터지는 마음

연꽃무리

한복 곱게 차려 입고 앉아 있는
마음 착한 연꽃 낭자들

그들이 지닌 고운 자태에
뭇 사람들의 시선이 따라온다

파란 방석에 앉아
도란도란 이야기 하는
연꽃 아가씨들

바느질을 해
아름답게 지은 옷
서로 입혀 보며 웃는다

그 속에 담아진
고운 마음들
여기 저기 물위를 거닐고 있다

색안경

내 마음 속엔
잠을 자도 벗겨지지 않는 안경이 있어
누구를 만나도, 무엇을 하더라도
그 안경으로 모든 것을 보게 돼

그 사람의 색깔, 성격, 실력……
그 빛이 너무 부셔
이 안경을 꺼내 쓰고 말아

나는 언제쯤
이 안경을 벗을 수 있을까
이 정도면 되는 줄 알면서도
아직도 쓰고 있는
색 안경

이것을 벗어야
그들의 참 빛
크리스털 같은 참 모습을 볼 수 있을 텐데

파도

너를 만나러 바다로 간다
저 멀리서 새하얀 이를 드러내며
뛰노는 네가 보인다

가까이 다가 갈수록
너의 순백한 웃음소리가 크게 들린다

너는
사람들의 마음을
조종할 줄 아는 지혜를 가지고 있어
조용히 웃어도
답답한 그늘에 있는 사람들 누구나
새로운 힘을 얻게 한다

너를 만난 후
돌아가는 발걸음이 비록
바닷물에 젖었다 해도 여유로워지고
비탈은 더욱 가볍게 발길을 맞아준다

너를 닮을 수 있다면
나를 찾아오는 사람들에게
나의 미소가
너의 순전한 미소되어
아픈 가슴에 희망을 줄 수 있으리라는 생각 때문에
모래밭을 휩쓸고 있는 너의 가슴에
나는 너의 진실에 대해 시를 쓴다
아주 작은 글씨이지만.

우리라는 나

내가 누군가와 함께 있는 그곳에는
서로의 사랑이 담겨있는 '우리'가 있습니다.

나를 가장 사랑하는 사람이 있다면
그것은 바로 다름 아닌 '나'이겠죠

무슨 일을 하더라도
혹은 어떤 사람을 대할 때에도
더욱 신경 써서 해야 할 일, 그 속엔
내가 있기 때문 입니다

무슨 일 이라도
그 앞에 '나의'를 붙여 보세요

험한 고갯길
아무리 힘이 든 길이라 할지라도
내가 섞여있는 그 곳은
서로의 지팡이가 되어주는
사랑과 사랑 있어
우리를 이루지요

편지

이곳은
너의 진한 눈빛이 묻어있는 공간
이 종이에 글을 써 내려가는 시간만큼은
나 또한 너의 주인공이 될 수밖에 없어

이 작은 공간은
너와 나의 추억으로 만들어져 있어
서로 겪는 아픔도 알아차리고
위로를 주고받는 마음이 들어 있어

비록 네 이름 석자만 적혀있어도
난 너의 친구라는 걸 확실히 알게 되는
진실 할 수밖에 없는
우리의 공간
친구야, 어서 들어와
너 또한 나의 주인공이 되어주렴

너에게

네가 나를 부르면
내가 혼자가 아니라는
따뜻함이 느껴와

너를 보지 않고도
내 얼굴에 펼쳐지는 미소로
금방 알아지는 너의 마음

하얀 종이에
일기를 쓰듯
네게 알리고 싶은 나의 마음마저
너는 알고 있어
오늘도 너에게
함박웃음 띄워 보낸다

네가 있음에
내가 있음에

우정 안에서

하얀 종이 위에
예쁜 연필을 쥐고
오늘을 그린다

학교의 친구들, 교회의 친구들이
　'하루'라는 이름을 가진 '우정'이라는 종이 위에
셀 수 없는 사랑,
음악과 미술이, 시와 사랑의 춤을 그린다

나도 그 모임에 함께 하고 싶어
연필을 들고 달려간다
무슨 글씨체이던, 어느 나라 말이던
웃음과 우정이 바탕이라면
그 모임은 만사 O.K.

우정의 울타리 안 여기저기에서
내가 그린 내 모습들이 춤을 춘다.

부러운 것

이 세상에서
제일 가지고 싶었던 것 중의 하나

다른 아이들은
둘씩 셋씩 짝을 지어도
난
아무도 찾아주는 애가 없었다

결혼 후
내가 신랑에게서
빼앗고 싶은 것은
그에게 찾아오는 여러 친구들

같이 살아 즐거운 하루속
하지만 이 사람만 보면
나도 모르는 사이에
차 오르는 부러움

손

– 사랑이란 –

세상에서
가장 아름다운 손을 가진 사람은 누구일까
멋진 진주 반지를 낀 손일까
물이 묻어도, 흙이 묻더라도
몸 전체를 위해 뛰어다니는 다른 한쪽일까

아이들을 챙겨주는 엄마 아빠의 손에서
히포크라테스와 나이팅게일의 도움을 받아
수술실에서 환자를 치료하는 의사의 손에서
등이 가려워도 긁지 못하는 내 반쪽 사람의 등을
시원스레 긁어 주는 손에서
'사랑이란 이런 거야' 라는 답이 나온다

점자點字 고모님

은빛 사랑을 빻아 가루를 만들어
서른 두 칸의 방에 골고루 나눠 주어
같이 모여 이야기 할 수 있게 하고
떨어져 있어도 손끝으로 나누는 정성어린 마음이 마치
착하시고 점잖은 우리 고모님 같아
나는 '점자点字'를 고모님이라 부른다

고모님은
서쪽 방향에서 시작된 이야기로
동쪽까지 이어지게 하고
그 소문을 어디서 들었는지
동쪽에서 듣고 서쪽으로 되돌아오게도 하는
꼬리에 꼬리를 묶어내는 사랑의 마술사

소리로만 살아가는 분들은
제각기 다른 글자체가 될 수 없이
똑 같은 글 크기의 가슴들로
조용히 손끝에 옮겨 얼굴을 만진다
고모님의 따뜻한 손길이
내 얼굴을 감싸주시듯

잔소리

시원한 바다의 파도소리가
아빠의 목소리라면
시냇가의 재잘재잘 흐르는 소리는
엄마의 목소리이다

어쩔 땐 엄마의 까르르 웃음소리로
나를 위로하고
어쩔 땐 시끄러운 엄마의 소리로
짜증도 내게 하고

반드시 해야 할 일
내가 없어서는 안 될 자리엔
꼭 가서 있으라는 통에
내 속에 부담이 되어 오기도 하지만
그 소리가 있어
내 이름 지킬 수 있어
나는 아직
내 마음 속에 흐르고 있는
엄마의 시냇물 소리를 즐겨 듣는다.

김치 맛

한국의 맛
한국인의 자랑

독수리가 주인공인 미국에서도
에델바이스가 피어있는 유럽에서도
벚꽃이 만발하게 웃고 있는 일본에서도
떳떳이 내 놓을 수 있는
우리의 자랑

바다와 밭의 만남 속에
우리도 초대받아
덩달아 즐거워지고
버무려 먹는 인정 속엔
외톨박이가 아닌 그 맛

손가락 마다 묻혀져 온
엄마의 손길, 할머니의 손길,
사랑 볕 빨간 모습이
우리를 더욱 가깝게 만들어 주네

응원

태어난 나라가 아닌 나라에서
내 선수들을 응원한다는 것은 즐거운 일이다

멀리 떨어져 살아도 팔은 안으로 굽는 법
어쩔 수 없는 핏줄
모든 종목에서
한국선수들만 응원하게 되는 일은
지극히 당연한 일 아니겠는가.

아무리 우리나라가 서양화 되어 간다 해도
우리는 치즈만 먹는 사람들 아니야
작은 인절미 하나라도 나누어 먹고
서로가 서로의 손을 잡아주는 민족

싸움의 불씨보다는
우정과 사랑의 불씨로 하나가 된다면
우리 한국은 올림픽에서뿐 아니라
모든 일에 한 발 앞서가는 나라가 될 거야

한국 이겨라! 한국 이겨라!
목이 터져라 큰소리로 응원을 한다.

신발

한복을 입고 신는 이 신발들은
주인들의 신분을 확인시켜준다

양반, 중인들을 대표하는 가죽신
평민들과 노비를 대표하는 짚신 속엔
때려주는 이와 맞는 이가 숨어있다.

상투 머리에 갓 쓰고 다니는
점잖은 양반들
짚신을 자기 손으로 만들어
하루하루 살아가야만 하는 평민들
세월이 가도
짚신과 가죽신의 주인은 바뀌지 않는다

지금은
부자는 자가용 신발
가난한 사람은 버스신발 신고 다니는 세상

언제쯤이면
다른 신발 구분 없이
한 신발 나눠 신고 사는 세상이 될까.

감탄사

우리나라의 닭 울음소리는
'꼬끼오......'
미국의 닭 울음 소리는
'카카두둘두......'

우리나라의 소 울음 소리는
'음메에...... 음메에......'
미국의 소 울음 소리는
'무...... 무......'

어디 이들뿐이겠어
여러 동물들의 울음 소리도
여러 나라의 색깔 대로 다 다르다

이들의 언어들은 틀리지만
밥상에 놓이면
한 마음으로 감탄사가 나온다

　'아!'

자기 것

왜 우리는
영어, 일어, 프랑스어, 이태리어를 쓰면
지긋하신 학자, 귀부인이 되고
한국어만 쓸 줄 알면
내세울 것 없는 사람이 될까

왜 우리는
클래식이나 팝송을 들으면
지긋하신 양반 마마가 되고
국악이나 창을 즐겨 듣는 사람을 보면
무슨 청승이냐는 식으로
눈을 내리깔고 지내가는 것일까

허준과 히포크라테스가 다투기라도 하는지
웃음과 위로가 없어지는 병원들
마음의 손길을 잡아주지는 않고
자기 입맛대로 대해주는 교회들을 보면
이것도 수천 년 내려오는
자기 것 지키는 법도일까 하는 생각이 든다

자신을 낮은 곳에 묶어두는 사대사상에서
자기 것 때문에 스스로 찌그러진 얼굴에서
자기 것 때문에 스스로 올라서는 마음에서
우리는 언제나 벗어날 수 있을까

반짝 스타

밤하늘을 올려다보면
반짝이는 별들 중에
가끔
자기의 빛을 잃고 사라져 가는
별들을 보곤 해

저들도 여러 별들과 함께
누군가를 품어 달래주고
때로는 그들로
연필을 쥐게 하거나
전화번호를 돌리게 했을 텐데
우리는 그들이 했던 일들을
기억이나 할까

사라져 가는 그들
얼마나 가슴 아플까.

핸드폰

핸드폰이 없어졌다
분명 가방 속이나 주머니 속에 있어야 할
핸드폰은
그 많은 내 아는 사람들의 번호와 함께 사라졌다

서랍을 뒤지고
묶은 메모 장들을 아무리 뒤져도
옛날 적어둔 번호하나 이름 하나
남아있지 않다

손가락 하나 잘못 눌렀다고
걸핏하면 다른 집으로 나를 끌고 가
무안을 줄때 알았어야 했는데
이렇게 한순간
여러 해 주고받던 우리들의 정
사라져버린 망막함이라니!

기계하나 손가락 하나 믿고 살던 나
아무리 후회하고 탓해 봐도 소용없이
밤만 꼴딱 세웠다.

나의 친구 시詩

세상이 아무리 힘들어도
네 얼굴엔 눈물이 보이질 않고
나를 바라보는 네 눈빛에
내 상처가 아문다

나는
널 만나기 전 까지는
불안한 삶이었다

이제는 너를 따라
끝까지 한 목적지를 향해 가고 있다

너를 닮아
내 얼굴의 눈물, 마음의 상처가 미소로 바뀌듯
나도 많은 이웃에게
네 이름 시를 나누어
그들의 상처가 아물게 하련다.

묶음 4

행복

비빔밥 사랑

우리는
사랑을 나누는 형제자매들
서로를 위해주는 말 한마디로
서로에게 주고받는 고마운 인정 속에서
나를 발견한다

나에게는 튼튼한 그릇이 되어주는
엄마 아빠, 내 신랑과 동생들이 있다
이들과 사는 내 모습은
내 주위의 외로운 사람들에게
그들도 혼자가 아니라는 웃음을 만들고 있다

그들도 그 어떤 사람에게 찾아가
화 대신 포옹으로, 욕설대신 칭찬으로
위로해 줄 수만 있다면
여러 조각이 난 세상살이의 힘든 모습이
한 그릇에 비벼지는
놀라운 비빔밥 사랑

얼굴과 얼굴을 마주 보는 모든 사람들을
행복으로 안내하는 비빔밥 사랑

아가의 첫날

처음 만나는 세상
따뜻한 엄마의 젖
고소한 그 향기
사람들은 주위에 둘러앉아
지혜와 지식의 멋진 화음을 들으며
희로애락을 시작하라 말 하지만
아가는
엄마 품에 안겨
새록새록 잠을 잔다

행복

엄마 아빠의 눈길이
아이에게 와 닿을 땐
벌써부터 웃음보따리가 풀리네

아이는
엄마와 아빠의 얼굴에서
자기 모습을 찾아내네

아이는
두려울 것도
부러울 것도 하나 없네

외할머니

모든 지갑과 가방 속엔
조그마한 주머니가 하나씩 들어있다
너무 작아 넣지 못하는 물건까지도
소중히 챙겨주는 주머니

외할머니는
조그만 빈 주머니를 평생 가지고 사시던 분
그 주머니는
사랑을 채우고 있다가
엄마가 힘들 땐
몽땅 비워주던 마음

딸에게 줄 것이 그것뿐 이시라며
늘 미안해하시던
우리 할머니

가방 속 조그마한 단칸방은
사랑만 가득 채운
내 친정엄마의 방이기도 해

우리 아빠

아빠의 손톱 발톱을 깎아 드리며
마디마다 숨겨져 있는
끝을 찾아 볼 수 없는 사랑을 만난다

딱, 딱 손톱이 잘리는 소리
우리의 이야기는 깊어만 가고

외아들이셔서
외로우셨을 내 아빠
교수님이 평생 꿈이셨던
그분의 손을 놓게 한
서울대병원의 소아병동

얄미워해야 할 나를 보시면서도
실망치 않으시고
더욱 끌어안아 주시는 분
그분이 내 옆에 계시기에
난
Millionaire보다 더 행복한 사람이 된다.

내 엄마

어머니는
아직도 풀지 못한 나의 사랑방정식

이 나이가 되었어도
그의 품에 들어가 쉬고 싶은 마음
그럴 때마다
김치 속 냄새를 풍기며
뒤치다꺼리를 다 해주시는 분

엄마가 보이질 않으면
나는 불안한 어린아이
엄마가 내 옆에 계시면
나이 지긋한 공주마마가 되는 나

나는 엄마의 사랑을 더 받고 싶어
시간이 멈추기를 빌고 있지만
그럴수록 엄마의 얼굴엔 주름만 늘고.

행복한 사람

'내가 집에 와 뵈면 예
작은 지지바는
주머니 속에 들어있는 것을 다 내놓으라고 하고 예,
큰 지지바는 돈 내라 하니까 예, 정신이 없으 예'

무뚝뚝한 부산 사투리의 농담
보석상자인 예쁜 딸 예슬이를 위해
우리 교회의 성가대 지휘자 겸 반주자인
가정을 위해 뛰어 다니시는 분

예쁜 딸 예슬이는
나와 송명희 시인을 닮은
뇌성마비의 지체장애인

이 아이의 눈빛만 보아도
무엇을 원하는지, 무엇을 말하는지
알아차리는 아빠의 사랑

그가 일하는 밭이
벌써부터 노란색으로 익고 있는 것을 아는
김 집사님은 행복한 가장

우리의 목소리

그가 나를 불러주면
나를 사랑하고 있다는 생각에
가슴이 두근거린다

그의 목소리는
나와 화음을 맞추려 노력 하는 마음
내 목소리가 그에게 들릴 땐
내가 즐거워한 것같이 그도 즐거워하겠지

우리의 목소리는 악보에 그려져
우리가 아닌 다른 이들도
같은 사랑의 음률로 따라 부르게 한다

오케스트라, 팝송스타일의 음도
함께 하고 싶어 달려 나오고
어느 샌가 따뜻한 이불을 덮고 있는 나
누군가를 사랑하고 있다는 생각에
포근하고 깊은 잠에 빠진다.

행복한 가정

나는 당신과 함께
이 길을 걷고 싶어요

내가 당신의 품에 안겨
사랑을 고백하면
행복해 할 당신의 모습을 볼 수 있으니까요

내 체온을 느끼며
고요하게 잠들어 있는
나와 당신의 아이

젖을 문 채 숨 쉬는
아이의 콧바람이
가슴을 간질여 주는 밤

우리는 이렇게 행복한 나날
나는 당신과 함께
이 길을 걷고 싶어요

홀수와 짝수

1, 3, 5, 7, 9……
어딘지 모르는 외로움
모두 짝이 있어 아픔을 모를 때
당신은 홀로 이니까
그 외로움을 알겠지요

당신이 앉아있는 자리
홀로 있는 적적함
그곳에 다가가
사시사철 당신과 함께한다면
홀수가 아닌 짝수의 나날들

먼 훗날
이 날을 추억 하며
당신!
사랑해요.
서로에게 의지하는 우리,
짝수

청혼

지금 내 앞에 계신 당신은
나를 만나기 전에도 함께 계셨어요

우리가 앉아있는 이 테이블 위엔
평생 잊지 못할
사랑의 찻잔이 놓여져 있었고
당신이 파란색 초원길을 이야기 하셨다면
나는 하얀 나비들이 춤을 추게
맞장구를 쳤을 거예요

당신이
빨간색 단풍 이야기를 하셨다면
나는 그 단풍 길을 걷는
여인이었음에 틀림없을 거예요

나는 당신을 만나기 전
이미 당신과 있었으니
이렇게 처음 뵈도
우리 그렇게 함께 살자는 생각이예요

결혼

힘듦과 불안함을 깨치고
결혼에 성공한 두 사람
남편은 아내 없이, 아내는 남편 없이 살 수 없다고
십자가 앞에서 다짐한다

많은 하객들의 축하를 받으며 도착한 그곳
신랑의 깨끗한 턱시도
신부의 화려한 웨딩드레스
서로가 입은 의상을 존중하겠다는 서약
'나' 아닌 '우리'가 더 듣기 좋아 웃고만 있다

화려한 매일 매일을 약속하며
신랑의 마음속에 자리 잡은 나를 생각한다
신부의 마음속에 자리 잡은 나를 생각한다
새카만 낮과 새하얀 밤도 함께 하겠다고
서로를 보며 웃고 서 있다

세상에서 가장 아름다운 이 두 사람
사랑 안에서 기뻐한다

부부

아무도
색깔이 맞지 않는 신발을
신고 다니는 사람은 없을 거야

같은 색, 같은 모양
한 걸음씩 떼는 걸음마에는
금실이 묶여져 있지

밤하늘을 쳐다보며
별들을 수놓게 하는 사람도
기다림이 얼마나 소중한 것이라고
느끼게 하는 사람도
맞은편에 있다

하나가 아닌
하나인 사람들

내 반쪽 사람

불편한 내 오른쪽 힘이 되어주는 내 신랑
그도 역시 그가 가지고 있지 않은
눈이 되어주는 내가 있어 우리는 한 몸이 된다

분별력이 없는 내게
 '여우새끼가 되라' 는 충고를 해 주더니
이제는 순진한 현정이를 망쳐놓았다고
농담 삼아 이야기 하면서 웃는다

서로의 단점과 장점을 잘 아는 사이
방귀를 뀌어도 창피하지 않는 뻔뻔스러움
내 단점인 뺑덕어멈 수작, 게으름,
내가 사고 싶은 물건이 있으면
자정이라도 달려가 사야하는 한심함도 있지만
아픈 사람과 힘든 사람만나면
도움을 주는 따뜻함 같이하다가
이용당하고도 웃어넘기는 바보들

이 모든 것을 알면서도
충고와 따뜻함으로 감싸 안는
서로의 반쪽 사람

소중함

당신을 불러봅니다
내 마음에 당신이 꽂혀있어
소리치지 않아도 됩니다

내 마음을 빼앗아버린 당신
분명 내 마음을 훔쳐 버렸는데도
싫지 않아요

벗어놓은 당신의 옷을 빨고
널려있는 당신의 책상을 치우는 일은
내게는 소중한 일거리 입니다

사랑한다는 말밖엔
다른 할 말이 내게 없는 당신!

저축

−뜨개질−

한 코 한 코
정성을 다해 모자를 뜬다

왼손 하나밖에 쓸 수 없다고
어느 누구도 쥐어준 일 없던
실과 바늘을 구해
마음을 얽는다.

앞을 보지 못하는 그의 노랫가락은
언제나 내 맘에 감겨있는
보드란 털실 타래

남은 왼손 하나로 그의 모자를 뜬다
한 코 한 코 사랑을 저축한다.

12월엔

얼마 전
사고 싶은 물건이 있어
인터넷으로 모양과 색깔,
확실한 물품인지 보려고 들여다보니
세상에나! 세상에나!
해도 해도 너무했다는 생각이드네

이 돈을 벌려고 힘들게 일하시는
엄마, 아빠 물 젖은 손이 떠올라
얼른 접고 말았네

이 12월엔
내가 갖고 싶은 물건이 아닌
가족들이 가지고 싶어 하는
웃음, 용기, 절약, 우애
따뜻한 12월을 준비해야지

묶음 5

빨래터

따라만 가리

지친 나를 일으키시는 주님
얼마나 무거우실까

가로등도 없는
나만의 어두운 밤거리
앞뒤가 막혀있는 그곳에서
위를 쳐다보게
고개를 들어주시네

내 앞서 가시며
뒤를 봐주시는 분
난 그의 뒤를 밟아 가면 되는 것을!

오늘도
나를 안아주시는
고마운 나의 예수님!
내 앞길을 찾아주시는 분

주님은 나를 위해

누군가가 나를 믿고 기대어 있으면
어쩔 땐 비켜나가고 싶어요
하지만 주님은
'무엇이든 내게 맡기고 의지하라'고 말씀 하시지요

난 성질이 급해 다급한 어조로
'빨리, 빨리'를 입에 달고 다니지만
주님은
'아무에게도 상처를 주지 말고 기다리라'며
조용한 시간을 갖게 해요

나는 나를 위해 손을 움켜쥐지만
주님은
내 움켜쥔 손을 펴게 하는 열쇠를 갖고 계세요

난 가고 싶은 곳이 있어도
나를 싫어하는, 아니 내가 싫어하는
그 누군가가 있어 갈 수 없어도
주님은 상관치 않고 가고 싶은 곳 어디나
초대하는 곳 어디나 가시지요

주님
나는 언제쯤 주님을 닮을 수 있을까요
나에게 기대고 싶은 사람이 있으면
내 어깨를 내어 줄 수 있을까요

생수

그는 나를 잘 아시는 분
그가 함께하는 우물가엔
나만이 앉을 수 있는 공간이 있고
목말라 하는 내 영혼을
축여주시는 주님

어느 누구에게라도
열어 보일 수 없는 내 마음
그 어둠의 깊이를 재어 보시며
위로를 주시네

고마워서
오늘도
내 입에서는 찬양이 넘치네

그를 만났던 우물가에서
목말라 하는 사람들에게
생수 한잔씩 권하고 싶네

시나리오 대본

매일 매일 시나리오의 대본을 받아 들고
그분의 연출로 내 연기력을 선보인다

오늘은 나에게
어떻게 연기하라고 가르치시려나
자연스럽게 나와야 할 말과 행동

그분이 써 놓은 대본으로
무대 디자인, 의상, 조명
거기다
누군가의 깜짝 출연까지 펼쳐진다

연출가를 만족하게 해야 하는 하루하루
내게 없어서는 안 될 시나리오 대본

씌어있는 대로 따라만 하면
난
유명한 탤런트가 되는 특권도 함께 누려질 텐데

악보

오선에 그려져 있는 깨끗한 악보
여러 종류의 음이 들어 있다

오선에 매달려 있는 음표
자리표와 글자와 박자가
어떤 식으로 연주, 노래를 하라 이르고 있다

작곡 한 사람들이 일일이 찾아다니며
부탁하지 않아도
연주 하는 사람이나 노래하는 사람이면
누구라도 다 아는 약속

애교 만점인 높은음자리표
점잖은 낮은음자리표를 화나게 했다가는
어김없는 불협화음의 회초리
어떤 악기라도 지켜야 하는 약속

우리는 그 어떤 분에 이끌려 연주해야 할 악기
내가 무슨 악기인지는 몰라도
내 악보에만 충실하면
불협화음의 회초리는 멀어진다

어디에서나

보이는 곳마다
숨 쉬는 곳마다 주님이 계셔
외롭지 않은 하루를 살아갑니다

내게만큼은 흐린 날과 비 오는 날도
파란 하늘이 보여 지지요

누군가에게 상처를 받는 사람이 있으면
나는 그의 곁에 있고 싶어져요

누군가가 일일이 찾아다니며
사랑을 전할 땐
나는 오래 간직할 사랑의 편지를 쓰지요

내 손가락도 한 몫을 하고 싶어
입을 쉬게 아니하고
음이 다른 각각의 초인종을 눌러
노래를 부르게 합니다

시간이 지나도
사랑이 식지 않는 그 곳에서 말이에요.

오늘도 당신이 이기셨어요

어려서부터
내 가슴에 새겨진 그의 말씀으로
나의 목소리 하나하나
나의 모든 행동을 보시는 주님

걸어가다 지쳐 쉬려는 의자엔
아름다운 이야기 방석이 깔려있고
테이블 위에는 물방울이 줄줄 흐르고 있는
시원한 물병도 놓여있어요

내가 어디에 있든지
마음속에 붙들어 매인 발은
주님의 신발을 신게 합니다

오늘도 이 하루
주님이 깔아주신 비단길을 걷는 나는
축복의 사람임에 틀림없습니다

그래요, 주님,
오늘도 당신이 이기셨어요.

나의기도

만약 내게
지혜와 지식 중 한 가지만 선택 하라고
누군가가 물어오면 무엇을 택할까

지식을 고르면 그곳엔
내가 땀을 흘려야만 얻을 수 있는 열매가 있고
지혜를 고른다면 그곳엔
주님이 주신 선물 보따리가 들어있지

성령의 열매는 아홉 가지나 있는데
나는 몇 가지 열매로 살아왔을까
이러면 안 되는 줄 알면서도
그대로 살지 못해
오늘도 나는 지혜를 주시라고 매달린다

나의 큐티 시간

주님!
나에게 펼쳐진 좁은 길
이젠 그 길을 걷지 않고 싶어요

하루거리의 짧고 편한 길이
앞에 펼쳐 있음에도
40년 광야의 길을 걸어왔지 않아요?
굳이 어둠의 길에 이렇게 서 있어야 하나요?
밝은 길을 보여주세요

주님은
이런 내 물음에 웃으시며
지금 내가 서 있는 이 길이
그 길이라 하시네

찬송이 저절로 터지는
나의 Q.T. 시간

빈 속

말을 해도 귀가 안 들려
들을 수 없으신가요
내 안으로 열린 미닫이문이나 여닫이 문
손이 짧아 열지 못하시는 건가요

그 속에는
누군가에게 하고 싶었으나 하지 못한 말들
못다 해서 불안한 집안일도 있어
언제고 튀어나와 한바탕 하고 싶은
충동까지 뒤섞여 있어요

이러면 안 되는 줄 알고 있는데도
내 마음을 추스르지 못한 죄 값 얼마일까

나의 Q.T. 시간이 너무 짧아
'주님이 날 사랑 하신다'는 말씀이
이론과 머리 속으로 밖에는 생각이 나지 않으니
나는 어찌해야 하나 요

내 나이 값은 얼마인가 지갑을 열어 보지만
텅 빈 속만 보이네요.

유니폼

평소엔 내 곁에 있어
같이 웃어주고,
혀가 짧은 나를 위해
할 말을 도와주던 친구들이
유니폼을 입게 되면
다른 사람들을 향해
무서운 눈총을 겨누거나
높은 곳에 올라
화살표의 집행자가 됩니다

유니폼에다 대고
절을 하고 눈치를 살피며
아쉽지만 그렇게 살아가는 세상

목사님들, 전도사님들
신부님들, 수녀님들
큰 스님과 작은 스님들
유니폼 상관없이
그전처럼 친구 되어 지냈으면 좋겠습니다

헛된 물음표

내가 왜 이래야 하는 건지?
분명 나 때문에 십자가에 못 박히신 분인데

성경책이 꿀 종재기 같았던 지난 세월들
업혀가는 돼지눈깔이 된
잠자던 신랑을 일으켜 세워간 새벽기도회

안내 견(犬)이 되어
 '나도 앞을 볼 수 없는 분들을 위해
한 몫을 할 수 있구나'
신나게 뛰어다녔던 그리운 세월들
하지만 지금 생활은
나를 잠옷을 입으라며 보챈다

내가 아파 쩔쩔매며
피곤한 목소리로 누군가를 불러 낼 땐
일단 한숨을 내 쉬고 지긋한 목소리로
'나는 지금 바빠서 가지 못하지만
우리 주님은 아파하는 모든 사람을 도와주십니다
자매님! 힘내십시오'
때려주고 싶은 얄미운 생각을 할 수밖에 없다

안 되는 건가 요

'너는 나를 의지하라' 는 주님의 말씀
주님께 너무 기대어 피하고 싶은 건 아니겠죠
살아계신 주님은 나를 품고 계신다 하셨는데

지혜로, 실력으로 살고 싶은 나를 보고 싶은데
미련한 행동으로 엄마를 울게 만들어버리는 나
안 되는 건가 요
내가 지혜를 안고 사는 것이

돈을 아껴 써도 모자라는 판에
내가 좋아하는 물건만 보면
눈알이 튀어나오는 통에
그곳만 가면 눈을 감아야 하는 나
안 되는 건가 요
내가 넉넉하게 사는 것이

분명히 나와 상담해 주시는 분이 계시는데
친구에게, 다른 사람에게
내 속 이야기를 하면
그 이야기가 돌아 내게 다시 와
마음이 언짢아 지는 하루

안 되는 건가 요
주님께만 속 사정이야기를 하면서
위로를 받고 싶은 것이

제 2의 하나님

내겐 이 제목이 무섭기만 하다.
어릴 적부터 수많은 전도사님들에게
귀가 닳도록 들어왔던 십계명

너는 나 외에는 다른 신들을 네게 있게 말지니라.
나를 위하여 새긴 우상을 만들지 말고 또 위로 하늘에 있는
것이나
아래로 땅에 있는 것이나 땅 아래 물 속에 있는 것의
아무 형상이든지 만들지 말며 그것들에게 절하지 말며 그것
들을 섬기지 말라
나 여호와 너의 하나님은 질투하는 하나님인즉 나를 미워하
는 자의 죄를 갚되 아비로부터 아들에게로 삼사 대까지 이
르게 하거니와 나를 사랑하고 내 계명을 지키는 자에게는
천 대까지 은혜를 베푸느니라.

그분이 허락하신 값진 선물들이
주님으로 둔갑하지 않았으면!
그저 말없이
내게 허락하신 밭만 잘 가꾸어 나간다면
나에게는 제 2의 하나님은 결코 나타나지 않을 거야.

무엇인가가 나를
하나님 밖으로 떠다박질러도
떠날 수 없는 것은
내게는 당신 한 분
하나님뿐이시니.

생각 좀 해 봅시다

교회의 강단에 있는 목사를 끌어내리는 것을 볼 시간에
친구들을 만나 놀러간다면 나쁘다 할 건가요?

그 사람들은 마음에 들지 않는다고
파당을 만들어 서로 비웃는다며?
그 꼬락서니를 보느니 차라리 극장에나 가
영화 한 편 때리는 것이 좋다고 생각하는 건 어떤 건가요?

어느 장로, 어느 집사들이 '계'를 하다가
내 돈을 홀랑 날려버려
그래서 교회에 가기가 싫다는 사람에게 뭐라 할까요?

목사님 아이가 아프면 교회에 비상이 걸리는데
내 아이가 아프면 아무도 알아주지 않아
가슴이 벌렁거린다는 사람은
남보다 속이 나빠서 그러는 것인지 모르겠어요

내가 어떻게 해서 세운교회인데
누구한테 이 교회를 맡겨?
내 자식에게 넘겨야 하겠다는 말을 듣고도
굽신굽신 박수치며 환영하는 사람들은
또 어떻게 봐야 하는 건가요?

이런 일들을 예수님은 어떻게 생각 하실까요?
걱정 걱정이어서
우리 생각 좀 해 봐야 하겠습니다.

침묵

주님! 제게 주신 건 뭐인가요?
“……”
주님! 행주가 좋겠어요? 걸레가 좋겠어요?
“……”
주님! 휴지통이 듣기 좋아요? 쓰레기통이 듣기 좋아요?
“……”
주님! 나 때문에 우리 식구 모두 죄인 아닌 죄인 되어 사는
이런 마음에서 놔 주시면 안 되나요?
“……”
주님! 저와 똑 같은 간질병으로 쓰러진 아줌마를
싫은 내색 하지 않고 데리고 다녔어요
힘든 장애인들을 반쪽 손으로 붙잡고 위로를 해 주었어요
새벽기도, 엄마 아빠의 잔심부름,
앞 못 보는 내 신랑 눈이 되어 주었어요. 그것도 잘못인가요?
“……”
주님! 아무것도 들어오지 않는 설교
들어도 들어도 위선된 설교들 꼭 들어야 하나요?
교회 마당만 밟다가 돌아오는 한심함,
이렇게라도 교회를 다녀야 천벌을 주지 않으실 건가요?
“……”

곱절의 아픔을 감내하며 주님을 향해 감사만 해야 하나요?

"……"

하나님! 절더러 무엇을 하란 말씀인가요?

그래요 주님! 알아서 하세요!

"……"

그래도 오직 한 분

한 손에는 성경책과 찬송가
또 한 손에는 자동차 열쇠가 들려
아주 먼 거리라도 신나게 누비고 다녔지

밖에서는 바람이 세게 불고
더위와 추위가 기승을 부려도
차 안에서는 찬양의 세계가 펼쳐져 같이 따라 부르며
내 우물 안에서 마음껏 헤엄치며 놀았지

무슨 전도사라도 된 양
'난 주님이 너무 좋아 아픔을 주셔도 참아낼 거야'
교만을 떨어가며 신나게 동그라미를 그려냈었지

내가 마셔야 할 신선한 공기를
'너도 마시라'며 성경책과 찬송가에게 나누어 주고
성가대에 끼어들어 내 자리를 정돈했었지

지금은 아무것도 없는 생활들
내 옆에 계신 주님이 만져지지도, 보여지지도 않고
어쩌다가 나와 같은 사람을 만날 땐
무섭기만 한 시간들

하지만 난
아무것도 아닌 지금 이 시간에도
아무 말씀 않으시는 주님한 분
나와 함께 계시는 걸 알고 있지.

하소연

오늘도 주님 앞에 나아가
가슴을 엽니다

내게 말씀하신 것처럼
정말 내 옆에 언제나 계시는 건가요?

애를 써도 되지 않는 일이 너무 많아요
허물어져 가는 내 모습을
주님은 보고 계시는 건가 요

내가 아프고 피곤해 지쳐 쓰러진 그 자리에
주님께서는 계셔 보았지 않아요?

주님!
이러한 내가 아직도 필요한가요?

날마다 드리는 말씀
하나하나 들어주시는 줄 알기에
오늘도 이렇게 하소연을 드립니다
괜찮으시지요?

내가 있어야 할 곳

앞을 보지 못하는 분들이 모여서
예배드리는 곳
그곳엔 나의 두 눈과 목소리가 있어야 하네

흥에 겨운 반주에 맞춰
화음이 올려지고
내가 읽어주는 찬송가사로
그들은 찬양을 드리네

목소리로 얼굴과 얼굴을 확인하는 분들
소리로만 색깔과 마음을 읽는
예리한 사람들
그들과 함께 찬양을 드리네

내가 있어야 할 그곳은
찬양의 동산
나는 그들의 찬양을 싣고 달리며
운전의 기쁨을 맛보네.

빨래터

큰 대야에
더러워진 옷들을 담아서 이고
빨래터로 간다

여기저기 자리 잡은 아낙네들이
세상이야기 주고받으며 깔깔거리는 소리가
비누칠을 하고
손으로 비비고 주무르고
토닥토닥 방망이질을 하는
빨래 빠는 소리보다 더욱 크게 들린다

주정뱅이 이웃집 아저씨 흉보는 이야기며
시집갔다 쫓겨 온 기와 집 막내딸 꼬집는 이야기며
이런저런 우스개 헛소리
졸졸 흐르는 시냇물에 씻겨 흘러가고

하얀 옷은 더욱 하얗게
빨간 옷은 더욱 빨갛게
검정 옷은 더욱 진한 검정색이 되도록
맑은 물에 헹궈낸 빨래처럼 깨끗해진 마음

깨끗해진 빨래를 이고
돌아가는 발걸음 더욱 가벼워지게 하는
우리들의 빨래터

역경에 빛나는 천사의 노래

– 김현정 시집 「작디 작은 몽당연필 하나」에 부쳐 –

홍 문 표

(평론가 · 시인 · 전 오산대총장)

김현정 시인의 두 번째 시집 「작디 작은 몽당연필 하나」
를 내게 되었다. 첫 번째의 시집 「우리 함께 있어 행복하다」
에서도 충격과 감동을 받았는데 이번에 또 김 시인의 작품들을
통해 놀라운 감동을 경험할 수 있어서 시를 평하는 필자로서도
한없이 행복한 마음이다.

앞서 문인귀 시인의 추천사에서 보듯이 김현정 시인은 지체
장애가 있는 시인이다. 그리고 그 남편은 시각장애인이다. 그
렇다면 객관적 시각으로 볼 때 매우 불편한 삶일 것으로 예상
하게 된다. 그런데 이번 시집 첫 장을 열면서 놀라웠던 것은 그
럼에도 불구하고 그의 삶이 얼마나 충실하고 풍성한지, 그저
숙연해질 뿐이다.

바깥나들이를 했다가
가방 가득 기쁨을 담아 왔다

톡톡 컴퓨터에 찍어 넣는다

내가 갖고 싶은 것들이
파릇파릇 모습을 들어 낸다

내가 가고 싶은 곳들이
여기저기서 튀어나온다

– 「바깥나들이」 전문

펼쳐진 초록빛 풀밭
주위에는 잘 가꾸어놓은 꽃밭
속복소복 담겨 핀 예쁜 꽃들이
멋진 향연을 열면
여기저기 버텨 선 나무들도
시원한 그늘을 보태어 준다

새들과 벌레들
바람까지 날아 와
이 꽃에서 들은 이야기
저 꽃에 옮겨주고
이 꽃밭에서 물어온 씨앗
저 꽃밭에 옮겨 심느라 분주하다

나의 절름거리는 발걸음
한 걸음 한 걸음 옮겨 디딜 적마다
하나 둘 하나 둘 이어지는
풍성한 하루

– 「풍성한 하루」 전문

바깥나들이를 했다가 가방 가득 기쁨을 담아 왔다는 것이다. 얼마나 긍정적이고 낙천적인가. 성한 사람들은 대개가 지친 몸으로 돌아오기 마련이다. 그런데 이 시에서 화자는 가방 가득 기쁨을 담아 왔다는 것이다. 행복이란 무엇일까. 풍요로운 삶이란 무엇일까. 그것은 매순간 얼마나 감동이 있고, 감사가 있는가에 있다. 객관적으로 모든 것을 갖춘 사람들의 하루하루는 늘 지겹고 피곤하다. 더 많은 소유를 위해 혈안이 되고 충족되지 않으면 불평을 하고 원망을 한다. 그래서 바깥나들이가 대개는 피곤할 뿐이다. 그러기에 별로 감동이 없는 나날이 된다. 그런데 장애자에게 있어서 바깥나들이는 천금같은 시간이고 황홀한 시간이다. 그들은 매 순간이 소중하고 어쩌다 만나는 경험이 한 없는 행복을 준다. 그렇다면 누구의 삶이 더 행복한 것일까.

「바깥 나들이」는 작품 표현도 뛰어나다. 그 기쁨들을 컴퓨터에 찍어 넣는다고 했다. 감각적이다. 그리하여 그는 갖고 싶은 욕망들을 작품으로 키우게 된다. 파릇한 생명들이 그의 상상력을 통하여 작품으로 탄생한다. 그러니 그는 내면적으로 행복하고 풍요로울 수 있다. 그의 상상력의 파릇한 생명들은 작품의 초원이 되고, 꽃밭이 되고, 나무가 되어 시원한 그늘이 된다. 새들과 벌레들의 낙원이 된다. 그러니 "나의 절름거리는 발걸음"이 「풍성한 하루」풍성한 삶을 만들어 간다.

그렇다면 이 시인에겐 전혀 고통이 없는 것일까. 전혀 장애를 의식하지 못하는 것일까. 그럴 수가 없다. 그는 누구보다도 아픔이 있고 성한 사람보다 훨씬 깊은 상처가 있다. 다음시를 보자.

평생을 약으로 살아가야 하는
내 몸은
크게 입 벌리고 있는 저금통

매일 다섯 차례
시간에 맞추어 먹어야 하는,
언제나 벌리고 있는 성한 내 입

나는 하루 종일 벌리고 있는 것이 지겨워
돌아 앉으면
입은 더 크게 벌리며 소리를 지른다
－저축하세요, －
－저축하세요, －
자기처럼 성하려면
저축해야 한다고

나는 다시 지친 몸을 끌고 앉아
저금통이 된다

－「저금통」 전문

아직도 내 마음속엔
떨쳐버리지 못한
아픔의 돌멩이가 있다.

몸이 불편한
나의 학교생활은 모든 것들 중
가장 힘든 아픔이었다.

나를 놀리고 괴롭히던 아이들은 가고 없는데
왜 나만 그 교실에 아직 남아
힘들어하는 것일까.

－「지각생」에서

「저금통」에서 그는 평생 약으로 살아야 한다고 했다. 하루에 다섯 번씩 약을 먹어야 한다고 했다. 그러니 그 고역스러움을 짐작할 수 있다. 그러나 그는 그러한 번거로움을 저축이라고 했고, 그래서 "나는 다시 지친 몸을 끌고 앉아 저금통이 된다"고 했다. 생존을 위해서는 평생 약을 먹어야 하기에 차라리 저금통이라는 자아인식은 낙천적이면서도 비애가 있는 자화상이다. 뿐만 아니라 그에겐 어린 시절의 정신적인 트라우마도 있다. 그는 아직도 내 마음 속엔 아픔의 돌멩이가 있다고 했다. 그 돌멩이란 어린 시절 학교 생활에서 겪은 고통이다. 지나간 일이고, 그들도 없지만 마음엔 고통의 앙금으로 남았다. 용서를 해야 하겠지만 그리 쉽지 않다는데서 그의 정신적 외상이 얼마나 큰 것이었나를 알 수있다. 그러나 그는 그의 상처에서 벗어나고자 한다. 용서가 안되지만 용서해야 한다는 당위감에서 차라리 자신을 「지각생」이라고 자책한다. 그의 일상이 역경 속에서도 풍요롭고 행복할 수 있는 것은 그 모든 것들을 미워하거나 원망하지 않고 오히려 용서하고 사랑하려는 자세에 있다.

무슨 심술인진 몰라도
무슨 아픔인진 몰라도
내 싸움의 상대방은 놀랍게도
다름 아닌 나

시간을 허비한 지난 세월들
무거운 시계바늘을 지고 가는 나날들
이제부터라도 째깍째깍
남을 탓하는 그 소리 들리지 않게

앞만 보고 열심히 살아가야 하겠다

불만과 불안의 이불을 걷어내고
깨끗한 옷으로 갈아입고
남들과 함께 웃으며 살아가면
나의 적인 그 심술
어느새 나의 아픔 거머쥐고 멀리멀리 달아나고
나의 하루하루는
승리의 기쁨으로 이어질 테니까

— 「승리의 날」 전문

작디작은 키의
몽당연필 하나
나에게 주어진
백지 같은 하루 위에
나를 그려간다

나이를 먹으면 먹을수록
더 해가는 이야기들
그럴수록 짧아지는 몽당연필은
그래도 더불어 행복하자며
내 손에 쥐이는 따뜻한 마음

어느새 나도
작디작은 몽당연필 하나

— 「몽당연필」 전문

지난날, 그리고 현실의 고통을 어떻게 극복한 것인가. 그는 그가 겪은 모든 고통들을 남에게 돌리지 않고 자신에게로 돌린다. 네 탓이 아니라 내 탓이라는 태도, 인생의 방향을 어디로 향할 것인가. 어떠한 심술도, 어떠한 아픔도 내 싸움의 상대방은 나라는 철저한 자성, 자신을 탓하고 자신을 반성하고, 지난 시간을 잊고, 오직 앞만 보고 가는 자세, 그것만이 불만과 불안의 이불을 걷어낼 수 있는 길임을 확신하면서 세상을 이기려는 것이 아니라 자신을 이기는 「승리의 날」을 기약하는 것이다. 그러나 이러한 삶은 끝없이 자기를 희생하는 것이며, 자기를 소모시키는 인고의 길이기도 하다. 그래서 그는 자신을 「몽당연필」에 비유한다. 몽당연필은 끝까지 자기 희생이고 자기 소모다. 그러나 몽당연필은 결코 무의미하거나 무가치한 것이 아니다. 연필은 무엇인가를 기록하기 때문이다. 비록 육신적인 삶은 몽당연필이 되어가지만 정신적인 삶, 영혼의 삶은 풍성한 이야기를 남길 수 있는 것이 아닌가. 그래서 몽당연필이 되어 가는 자신 속에서 보람을 느끼고 행복을 느끼게 된다. 이처럼 시적 화자는 남보다 많이 겪게 되는 자신의 불편한 현실, 고통스런 상처들을 결코 네 탓으로 돌리지 않고 철저히 내탓으로 인식하는 자성을 통해 오히려 삶을 긍정하고, 오히려 풍성하고 행복한 삶을 만들어 간다.

그러한 긍정과 자성의 삶이 그를 풍요롭게 할 뿐만 아니라 나아가 우리들 인간의 삶에서 가장 소중한 것이 무엇인가를 오히려 성한 자들에게 권면하는 여유까지 보이고 있는 것이다.

눈길이 마주칠 때마다
누구에게라도 한 번 더 웃어 주세요

미소는
눈빛과 눈빛을 이어지게 하는 하루
미소는
목소리에게도 자기의 여운을 남겨

잊어버린 기쁨을 다시 찾아 주는
즐거운 소리이니까요

부드러운 미소로
손을 내밀면
힘들고 아픈 마음도
금새 웃고 마는 하루가 돼요

－「미소는」 전문

세상에서
가장 아름다운 손을 가진 사람은 누구일까
멋진 진주 반지를 낀 손일까
물이 묻어도, 흙이 묻더라도
몸 전체를 위해 뛰어다니는 다른 한 쪽일까

아이들을 챙겨주는 엄마 아빠의 손에서
히포크라테스의 나이팅게일의 도움을 받아
수술실에서 환자를 치료하는 의사의 손에서
등이 가려워도 긁지 못하는 내 반쪽 사람의 등을
시원스레 긁어주는 손에서
'사랑이란 이런거야' 라는 답이 나온다

－「손」 전문

시인은 사람들에게 「미소」를 권한다. 사람들이 그에게 미소를 권해야 할 일이지만 사람들은 오히려 미소를 잃었고, 그는 미소가 넘친다. 그래서 그는 사람들에게 미소를 권한다. 그는 눈길이 마주치는 누구와도 미소를 권한다. 미소는 기쁨을 회복하게 하고 힘들고 아픈 마음도 치유되기 때문이다. 시인은 또 사랑을 권한다. 그는 사랑을 따뜻한 「손」이라고 했다. 사랑의 손이라면 엄마의 손, 의사의 손, 남편의 손이라고 했다. 모성의 손, 치료의 손, 위로의 손이 되기 때문이다. 미소가 있는 삶, 사랑이 있는 삶, 그것은 누구나 가져야한 덕목이다. 불편한 그의 육체적 장애에도 불구하고 이를 극복하고 오히려 성한 자들에게 미소와 사랑을 권면하는 그의 넉넉한 삶이 우리의 옷깃을 여미게 한다.

엄마 아빠의 눈길이
아이에게 와 닿을 땐
벌써부터 웃음보따리가 풀리네

아이는
엄마와 아빠의 얼굴에서
자기 모습을 찾아내네

아이는
두려울 것도
부러울 것도 하나 없네

– 「행복」 전문

한 코 한 코
정성을 다해 모자를 뜬다

왼손 하나밖에 쓸 수 없다고
어느 누구도 쥐어준 일 없던
실과 바늘을 구해
마음을 얽는다.

앞을 보지 못하는 그의 노랫가락은
언제나 내 맘에 감겨있는
보드란 털실 타래

남은 왼손 하나로 그의 모자를 뜬다
한 코 한 코 사랑을 저축한다.

— 「저축 — 뜨개질」

그에게서 「행복」 이란 무엇일까. 그건 부귀나 명예가 아니다. 엄마와 아빠와 아이의 눈길이 마주치는 사랑이다. 가족 간에 일체감을 느끼는 것이 행복이고 사랑이다. 그리고 왼손 하나밖에 쓸 수 없는 몸이지만 앞을 못 보는 남편을 위해 뜨개질을 하는 것이다. 서툰 한 손으로 남편의 모자를 뜨개질하는 마음, 거기에 진실이 있고, 고귀함이 있고 눈물보다 빛나는 행복이 있다. 참으로 눈물겹지만 감동적이고 숙연한 장면이다.

역경 속에서도 이처럼 맑고 아름다운 천사의 노래를 부를 수 있는 힘이 도대체 어디서 오는 것일까. 그가 가진 육체의 팔은 하나이지만 그의 다리도 부실하지만, 그를 지탱하고 있는 영혼의 다리와 영혼의 팔에는 건강한 양다리와 양팔이 있다. 그것이 무엇일까. 하나는 시라는 상상의 다리와 팔이고, 다른 하나는 절대자의 은총을 의지하는 신앙의 다리와 팔이다.

엄마 친구 분의 말씀이
현정이는 머리는 영리해도
자네의 편애로 그 애를 바보로 만들었네

어려서부터 고장 난 날개
독수리가 되지 못해
나이 값을 하지 못하는 나
엄마, 아빠가 평생 지고가야 할 짐이었는데

어느 날 마주친 값진 보석
시(詩),
이것은 나의 지팡이
이 지팡이 짚고 길을 나서는
기쁨을 맛보네

받는 것보다는 주는 것이 더 좋다 하니
내 연필로
누군가를 위해 나누어야 하는
길을 그려야 하겠네.

– 「나의 길」 전문

세상이 아무리 힘들어도
네 얼굴엔 눈물이 보이질 않고
나를 바라보는 네 눈빛에
내 상처가 아문다

나는
널 만나기 전 까지는
불안한 삶이었다

이제는 너를 따라
끝까지 한 목적지를 향해 가고 있다

너를 닮아
내 얼굴의 눈물, 마음의 상처가 미소로 바뀌듯
나도 많은 이웃에게
네 이름 시를 나누어
그들의 상처가 아물게 하련다.

– 「나의 친구 시詩」 전문

필자는 졸저 『시창작 원리』에서 시적 구원이란 시학을 제
시한 바 있다. 시는 단지 인간을 위로하는 언어 예술이 아니라

갈등과 소외로 인한 정서적 불안을 벗어나 보다 진실하고 진지한 자아로, 보다 참된 존재로 거듭나는 것이기에 시는 구원의 한 방식이라고 하였다. 최근 시 치료라는 말이 있다. 시는 감동을 통해 심리적 자유를 얻게 되고 나아가 육체적 건강을 회복할 수 있기 때문이다.

김현정 시인은 「나의 길」에서 자신은 어려서부터 고장난 날개, 부모가 평생 지고 가야할 짐이라는 존재인식이었다. 그런데 시를 만나고부터 시는 삶의 지팡이가 되었고, 기쁨을 확인하게 되었고, 이제는 남들에게 줄 수 있는 일이 생기게 되었다는 것이다. 그에게 있어서 시는 삶의 힘이 되고, 의지가 되고, 보람이 된 것이다. 그렇다면 시는 그에게 있어서 정서적 구원의 손길이 되고, 치유의 명약이 되고 있는 것이다. 뿐만 아니라 시는 그의 친구가 된다. 「나의 친구 시」에서 시인은 "세상이 아무리 힘들어도 네 얼굴엔 눈물이 보이질 않고 나를 바라보는 네 눈빛에서 내 상처가 아문다"고 했다. 김시인의 눈물과 상처를 미소로 바꾸어주는 힘, 그것이 바로 시라고 한다면 시는 그에게 있어서 구원의 친구가 된다.

그의 삶을 지탱해 주는 또 다른 다리와 팔은 바로 기독신앙이다. 인간의 모든 생사화복을 주장하시는 하나님께 모든 것을 맡기고 주님이 주시는 자비와 은총 속에 현재는 물론 영원한 미래의 소망까지 갖게 하는 기독 신앙은 그가 역경의 현실을 벗어나 보다 평화로운 세계를 소유할 수 있는 원천이 된다.

지친 나를 일으키시는 주님
얼마나 무거우실까

가로등도 없는
나만의 어두운 밤거리
앞뒤가 막혀있는 그곳에서
위를 쳐다보게
고개를 들어주시네

내 앞서 가시며
뒤를 봐주시는 분
난 그의 뒤를 밟아 가면 되는 것을!

오늘도
나를 안아주시는
고마운 나의 예수님!
내 앞길을 찾아주시는 분

– 「따라만 가리」 전문

주님은 나를 일으켜 주시고 어두운 밤거리에서 밝은 세계로 인도하시고, 언제나 앞에서 나를 인도하시는 분, 그분에게 모든 것을 맡기고 「따라만 가리」, 이러한 신앙적 고백이 있기에 그의 삶은 오히려 풍요롭고 넉넉하다.

혹자는 시인으로서의 김현정을 그가 장애인이라는 이유로 평가절하하거나 아니면 동정적인 프리미엄을 더하여 그의 시적 상상력에 대한 객관적 평가를 오해할 수도 있다. 사실 장애인들이 시를 쓰는 경우가 많은데 그들의 시를 동정적으로 보려는 태도가 있다. 그것은 김현정 시인에게도 그럴 수 있다. 그러나 장애인 시인 김현정이 아니라 그냥 시인 김현정으로 평가되어야 마땅한 일이다. 엄연히 그의 시는 객관적인 시의 기준에서 평가되어야 하며 김 시인 자신도 그러기를 바랄 것이다.

그렇다면 시인 김현정의 시적 상상력은 객관적으로 어떻게 평가될 수 있는가. 다음 두 편의 시를 보자.

수줍어 수줍어서
파란 잎사귀에 몸을 숨기고
청종만 하던 착한 여인네

가을볕에
꽃 상을 차리는 것일까
저절로 터지는 마음

－「석류」 전문

색동저고리를 입고
꽃가마에 오른 가을이 옵니다

나도
한복을 곱게 차려 입고
산에 오릅니다

가야금, 거문고 산조로
판소리와 구수한 시조가 어우러지며
서로의 우정을 확인합니다

가을은 이렇게
내 가슴에 불을 놓지요

－「가을」 전문

시의 생명은 사물의 기존 인식을 해체하고 새로운 미학적 존재성을 창조하는 것이다. 그런 점에서 「석류」는 독특한 상상력을 보인다. 시인은 여기서 석류를 수줍어 청종만 하는 착한 여인으로 석류의 미학적 존재성을 설정한다. 그러나 충분한 잉

150

태과정을 거쳐 꽃상으로 터지는 여인의 마음으로 다시 반전시
킨다. 이정도의 상상력과 시적 구성이라면 그의 시적 상상력은
매우 높은 시학을 획득하고 있음을 보게 된다. 「가을」에서도,
그의 상상력은 가을 단풍이 일반적인 가을로 미화되지 않고 꽃
가마, 색동저고리, 한복, 가야금, 거문고, 판소리, 시조라는 한
국적 이미지를 동원하여 시적 화자와 자연과 한국이 일체가 된
다는 점에서 매우 개성 있는 상상력을 보여주고 있다.

　이처럼 김현정 시인의 시집 「작디 작은 몽당연필 하나」는
불편한 삶의 조건에서도 오히려 영혼의 풍요를 누리는 놀라운
기적의 노래다. 그것은 끝없는 자기성찰과 신앙을 통한 소망의
삶, 그리고 뛰어난 시적 상상력을 통한 무한한 자유가 함께 어
우러지기 때문이다. 혼신으로 쓰여지는 그의 노래, 그런데도
넉넉한 사랑과 행복이 있기에 그것은 오히려 성한 자들을 위한
맑고 순수한 천사의 노래가 되고 있다.

김현정 시집

작디작은 몽당연필 하나

2013년 2월 21일   인쇄
2013년 2월 21일   발행

지은이   김 현 정
펴낸이   신 용 호
펴낸곳   창조문학사

서울 서대문구 홍은동 397-26 동천아카데미 5층
등록번호 제1-263호
            전화 02-374-9011 / FAX 02-374-5217

공급처: 한국출판협동조합   전화 02-716-5619~9

저자와 협의에 의해 인지를 생략합니다.
파본은 바꾸어 드립니다.

값 10,000원
ISBN 978-89-7734-336-8